# Max Reichenheim

# Ueber das Rückenmark und den electrischen Lappen von Torpedo

# Max Reichenheim

# Ueber das Rückenmark und den electrischen Lappen von Torpedo

Unveränderter Nachdruck der Originalausgabe von 1878.

1. Auflage 2024   |   ISBN: 978-3-38674-995-4

Antigonos Verlag ist ein Imprint der Outlook Verlagsgesellschaft mbH.

Verlag: Outlook Verlag GmbH, Zeilweg 44, 60439 Frankfurt, Deutschland
Vertretungsberechtigt: E. Roepke, Zeilweg 44, 60439 Frankfurt, Deutschland
Druck: Libri Plureos GmbH, Friedensallee 273, 22763 Hamburg, Deutschland

# Ueber das Rückenmark und den electrischen Lappen von Torpedo

von

## Max Reichenheim.

# Inhaltsverzeichniss.


|  |  | Seite. |
|---|---|---|
| I. | Ueber das Rückenmark von Torpedo | 1 |
| II. | Ueber den electrischen Lappen von Torpedo | 4 |
|  | 1. Einleitung | 4 |
|  | 2. Literatur | 6 |
|  | 3. Allgemeine Bemerkungen zur Anatomie des electrischen Lappens | 10 |
|  | 4. Successive Querschnitte des electrischen Lappens | 12 |
|  | 5. Successive Längsschnitte des electrischen Lappens | 17 |
|  | 6. Anatomische und physiologische Resultate | 18 |
| | Erklärung der Abbildungen | 24 |

# I. Ueber das Rückenmark von Torpedo.

Legt man bei Torpedo von dem Rücken her die Gesammtmasse der nervösen Centralorgane bloss, so lässt sich über die gröbere Anatomie des Rückenmarks folgendes ermitteln:

Das Rückenmark steht mit den in der knorpligen Schädelkapsel gelegenen grösseren Massen des Centralorgans durch ein verlängertes Mark in Verbindung, welches wie bei allen Wirbelthieren nach allen Dimensionen hin stärker als das Rückenmark selbst entwickelt ist. Soll es sich darum handeln, die Gränze des verlängerten Marks gegen das Rückenmark hin zu bestimmen, so würde es zweckentsprechend sein, das letztere bei erwachsenen Individuen ein Centimeter vom hinteren Ende des elektrischen Lappen beginnen zu lassen; denn gerade so weit lagert die medulla oblongata auf dem ungetheilten schaufelförmigen Knorpelstück, welches der pars basilaris des Hinterhauptbeines entspricht. Erst ein Centimeter vom hintern Ende des lobus electricus hört dieses ungetheilte Knorpelstück auf, und es schliessen sich nunmehr daran die einzelnen knorpligen Wirbel der Wirbelsäule, welche regelmässig, unverschmolzen bis in die Spitze des Schwanzes verlaufen.

Von dem so als medulla oblongata bezeichneten, nach unten durch das eigentliche Rückenmark und nach oben durch den lobus electricus begränzten Abschnitte des nervösen Centralstocks entspringen zahlreiche Nervenwurzeln, welche die knorplige Kapsel des Centralorgans durch foramina verlassen, die in dem obenerwähnten, diesem Theile zur Unterlage dienenden Knorpelstücke befindlich sind. Ihre Anzahl ist der Zerreisslichkeit wegen mit Sicherheit schwer zu bestimmen. Die vorderen (unteren) scheinen zahlreicher zu sein als die hinteren (oberen). Von den vorderen wurden bei demselben Individuum 13, von den hinteren 10 gezählt.

Das eigentliche Rückenmark entlässt in seinem oberen Abschnitt durch die foramina intervertebralia ganz regelmässig je ein vorderes und hinteres Wurzelpaar bis zum 27. Wirbel. Vom 28. Wirbel an ändert sich das Verhältniss dahin, dass nunmehr die austretenden Nerven durch zwei Wirbelkörper getrennt sind. Dieses Verhältniss bleibt constant bis zum 59. Wirbel. Hinter dem 59. Wirbel nach der Schwanzspitze hin war kein Austritt von Nervenwurzeln zu constatiren, obwohl die Anzahl der sehr kleinen Wirbelkörper bis zum äussersten Ende der Wirbelsäule etwa noch 40 betragen mochte. Es würde also nach diesen Bestimmungen die Wirbelsäule von Torpedo aus etwa 100 einzelnen Körpern bestehen und 43 Nervenwurzeln austreten lassen, von denen die ersten 27 zwischen den ersten 28 Wirbeln und die noch folgenden 16 zwischen dem 28. und 59. Wirbel gelegen sein würden.

Fertigt man aus dem oberen Abschnitt des in Müller'scher Flüssigkeit erhärteten Rückenmarks einen feinen Querschnitt an und behandelt ihn nach den bekannten, für die mikroscopische Untersuchung von Querschnitten der nervösen Centralorgane üblichen Methoden, so gewährt das so erhaltene Präparat (Fig. 1) folgende Aufschlüsse über die feinere Configuration:

Der Querschnitt des Rückenmarks gleicht einem gleichseitigen Dreieck mit abgerundeten Ecken. Genau in der Mitte der Figur liegt der mit einem zarten Epithel ausgekleidete Centralkanal (Cc). Die grösste Breitendimension besitzt das Rückenmark in seinem vorderen (unteren) Abschnitte; gegen seine hintere (obere) Fläche hin nimmt es continuirlich an Breite ab. So geschieht es, dass die vordere und die beiden Seiten-Flächen des Rückenmarks der Basis und den Seiten des gleichseitigen Dreiecks, seine hintere Fläche aber dem am Meisten abgerundeten Winkel an der Spitze entspricht. Sehr charakteristisch ist das durch die Abwechselung grauer und weisser Substanz bedingte Querschnittsbild. Fast die Hälfte des Rückenmarks wird von den mächtig entwickelten weissen Vordersträngen eingenommen, welche die graue Substanz gänzlich von der vorderen Fläche des Rückenmarks weg und nach hinten zurückdrängen.

Wie bei allen Wirbelthieren zerfällt die graue Substanz in die deutlich geschiedenen Bezirke der vorderen und der hinteren „Hörner", welche durch vielfache Communicationen grauer Substanz, die namentlich die Gegend der Seitenstränge durchsetzen, mit einander in Verbindung stehen.

Die vorderen Hörner (Ca.) beginnen seitlich vom Centralkanal (Cc.) als schmale Streifen, welche nach kurzem seitlichen Verlauf ziemlich genau in der Mitte jeder Rückenmarkshälfte sich zu grösserer Ausdehnung verbreitern. Innerhalb dieses Bezirkes liegen grössere und kleinere Ganglienzellen sehr dicht, fast bis zur unmittelbaren Berührung an einander. Am dichtesten liegen — wie Fig. 10 zeigt — die Ganglienzellen in der nächsten Umgebung und unter dem Epithel des Centralkanals selbst, wo, wie es scheint, gerade die grössten Zellenindividuen vorkommen. Da diese Ganglienzellen nur an Durchschnittspräparaten, nicht aber an Zerzupfungspräparaten studirt wurden, so kann über sie nur das ausgesagt werden, was sich aus den Figuren 10 und 9, welche lesztere eine Auswahl einzelner Ganglienzellen darstellt, entnehmen lässt: Die Zellen besitzen einen grossen eliptischen Kern, in dem an erhärteten Präparaten ein Kernkörperchen nicht wahrzunehmen ist. Die Zellenkörper sind granulirt und meist ausserordentlich lang gestreckt und spindelförmig ausgezogen. Dabei ist zu bemerken, dass die langen Axen dieser Spindeln fast stets mit dem Querdurchmesser des Rückenmarks zusammenfallen. Ganglienzellen, deren Körper auch in der Breitendimension hervorragend entwickelt ist, gehören zu den Seltenheiten. Ueber die Anzahl der Fortsätze lassen sich natürlich keine bestimmten Angaben machen, da sich die Untersuchung auf Querschnittspräparate beschränkte, doch verdient hervorgehoben zu werden, dass die Fortsätze meist von den Polen ausgehen und die Tendenz zu haben scheinen, in der Querschnittsebene des Rückenmarks zu verlaufen; wenigstens lassen sich in den einzelnen Querschnitten die Fortsätze einer Zelle oft ganz ausserordentlich weit verfolgen. Eigenthümlich ist ferner der stark geschlängelte Verlauf der Fortsätze.

Von der im Centrum jeder Rückenmarkshälfte gelegenen stärkeren Ansammlung grauer Substanz, welche die Hauptmasse der vorderen Hörner darstellt, entspringen die vorderen Wurzeln, welche als dünne, zarte, wellig geschwungene Faserbündel, die weisse Substanz der vorderen Stränge durchsetzend, nach der Peripherie des Rückenmarks ziehen, wo sie in den beiden seitlichen Winkeln des dreieckigen Querschnitts austreten. In dem in der Abbildung wiedergegebenen Querschnitt (Fig. 1) ist die vordere Wurzel nur auf einer Seite gezeichnet.

Die hinteren Hörner des Rückenmarks von Torpedo sind durch die überwiegende Entwickelung der Vorderstränge und der vorderen Hörner ganz in den hinteren schmalen Abschnitt des Rückenmarks hineingedrängt worden und nehmen je den Mittelpunkt der hinteren Rückenmarkshälften ein. Mit dem Centralkanal stehen sie in keiner Verbindung, dagegen kommuniziren sie durch sehr zahlreiche und feine Brücken grauer Substanz mit der Hauptmasse der Vorderhörner und untereinander. So wird die Gegend der Seiten- und noch mehr die der Hinter-Stränge von einem dichten Netz grauer Substanz durchsetzt, welches seine Centren in den beiden hinteren Hörnern besitzt. Die Ganglienzellen, welche die hinteren Hörner und das von ihnen ausgehende Maschenwerk grauer Substanz bevölkern, sind ausserordentlich klein und unansehnlich, so dass über ihre anatomische Form bestimmte Angaben nicht gemacht werden können. Mitunter, wenn auch sehr spärlich, kommen im Bereich der Hinterhörner jedoch auch grössere Ganglienzellen vor, deren anatomische Charaktere durchaus mit den oben beschriebenen Eigenschaften der in den vorderen Hörnern vorkommenden Ganglienzellen übereinstimmen.

Die hinteren Wurzeln haben, da bei der eigenthümlichen Configuration des Rückenmarks von Torpedo die hinteren Hörner dicht an der Peripherie gelegen sind, nur einen sehr kurzen intramedullären Verlauf, der jedoch nicht leicht festzustellen ist, da diese Wurzeln das Rückenmark nicht in seiner Querschnittsebene, sondern in schrägem Verlaufe durchsetzen. Aus diesem Grunde sind sie in dem in Figur 1 gezeichneten Querschnitte nicht wiedergegeben worden. Ihre Austrittsstelle liegt nicht weit von der hinteren Fläche des Rückenmarks.

Die Literatur über das Rückenmark von Torpedo fällt zusammen mit der Literatur der Selachier überhaupt, welche bekanntlich sehr spärlich ist.

Charles Robin[1]) hat gezeigt und Stannius[2]) hat es bestätigt, dass am Schwanze der Rochen auf je zwei Wirbel eine hintere und eine vordere Wurzel kommt: durch den Bogen des einen Wirbels tritt die vordere durch den des folgenden die hintere Wurzel aus.

Eine nach der Stilling'schen Methode ausgeführte Untersuchung des Rückenmarks der Knorpelfische hat bisher nur Stieda[3]) unternommen und darin auch den Querschnitt des Rückenmarks von Torpedo in einer von der obigen Darstellung wenig abweichenden Weise beschrieben und abgebildet. Vielleicht lassen sich die geringen Differenzen zwischen beiden Darstellungen darauf zurückführen, dass Stieda nicht den oberen, sondern den unteren, meist etwas breiteren, Abschnitt des Rückenmarks seinen Untersuchungen zu Grunde legte.

## II. Ueber den electrischen Lappen von Torpedo.

### 1. Einleitung.

Bekanntlich sind es nicht die electrischen Organe allein, durch deren Besitz die drei electrischen Fische Torpedo, Malopterurus und Gymnotus von allen übrigen Thieren und speciell von ihren nächsten Verwandten, den nicht electrischen Rochen, Welsen und Alen sich unterscheiden: ausser dem eigentlichen electrischen Organ besitzt jeder der drei electrischen Fische noch die ihm durchaus eigenthümlichen electrischen Nerven und ihre Ursprungsstellen im nervösen Centralorgane, die sogenannten electrischen Centralorgane, die ebenso wenig wie die electrischen Organe selbst in der Anatomie der den electrischen Fischen nächstverwandten Individuen ihr Homologon finden.

Am längsten bekannt ist das electrische Centralorgan von Torpedo. Man kennt seit ziemlich langer Zeit die Existenz eines diesem Fische eigenthümlichen, durch seine citronengelbe Farbe ausgezeichneten, etwa bohnengrossen Lappens, der in der Rautengrube zwischen verlängertem Mark, Kleinhirn und den Vierhügeln gelegen ist, und von welchem jederseits die fünf mächtigen, das electrische Organ versorgenden Nervenstämme entspringen. Auch weiss man ziemlich seit dem Beginne einer wissenschaftlichen Histologie, dass dieser „electrische Lappen" — wie man ihn genannt hat — wesentlich aus ausserordentlich grossen Ganglienzellen besteht, deren Dimensionen die der Nerven-

---

1) Annales des sciences naturelles (Zoologie) 3. Serie Tome VII. Paris 1847. P. 224.

2) Das peripherische Nervensystem der Fische. — Rostock 1849. S. 115.

3) Sul cevvello e sul midollo spinale delle Raje e degli Squali. — Rendiconto della R. Academia delle Scienze fisiche e matematiche di Napoli, 12. Dicembre 1872.

Ueber den Bau des Rückenmarks der Rochen und Haie. Zeitschrift für wissenschaftliche Zoologie XXIII. S. 435. 1873.

zellen aller übrigen, der electrischen Organe entbehrenden Thiere erheblich überragen, und die dieser Eigenschaft wegen auch nicht aufgehört haben, für die Histiologen der Gegenstand lebhaftesten Interesses und eingehender Untersuchung zu sein.

Merkwürdiger noch als das electrische Centralorgan von Torpedo ist das des Malopterurus. Nach der Entdeckung von Th. Bilharz[1]) besteht dieses jederseits nur aus einer einzigen, kolossalen Ganglienzelle, welche am oberen Ende des Rückenmarkes gelegen ist, und aus welcher der zunächst nur aus einem einzigen kolossalen Axencylinder bestehende electrische Nerv entspringt. Seit dem Erscheinen der Epoche machenden Monographie von Bilharz ist übrigens das das electrische Centralorgan von Malopterurus repräsentirende Ganglienzellen-Paar nicht wieder von einem Histiologen untersucht worden.

Am Ungenügendsten ist die Kenntniss des electrischen Centralorgans von Gymnotus. Nur unter sehr grosser Reserve spricht Max Schultze[2]) von grossen, durch die ganze Länge des Rückenmarks vertheilten Ganglienzellen, welche als die Centralorgane für die aus der ganzen Länge des Rückenmarks entspringenden electrischen Nerven anzusehen wären; doch bedürfen seine unsicheren, weil auf der Untersuchung mangelhafter Spirituspräparate begründeten, Angaben erst einer weiteren Bestätigung und Ergänzung.

Es ist der Zweck der vorliegenden Abhandlung, eine ausführliche anatomische Beschreibung des electrischen Lappens des Zitterrochen zu geben und seine anatomische Zusammensetzung, seine topographische Configuration und seine Beziehungen zu den übrigen Theilen des nervösen Centralorganes zu ermitteln. Die zu diesem Zwecke angewandte Stilling'sche Methode der Untersuchung successiver Quer- und Längsschnitte vermag jedoch nur die beiden ersten Theile dieser Aufgabe vollständig zu lösen: sie vermag zwar die anatomische Zusammensetzung und die Topographie des Lappens genau und scharf zu bestimmen, ist aber unvermögend, der dritten und, wie hinzugefügt werden kann, wichtigsten Anforderung vollkommen zu genügen und die anatomischen Zusammenhänge und Beziehungen, welche zwischen dem electrischen Centralorgane und den übrigen Provinzen der Nervencentra von Torpedo obwalten, in wirklich erschöpfender Weise festzustellen. Eine wirklich vollständige Lösung dieser letzten Aufgabe hat zu ihrer natürlichen und nothwendigen Voraussetzung die genaue anatomische Kenntniss der übrigen Nervencentra von Torpedo selbst und ausserdem noch eine genaue vergleichende Kenntniss des nervösen Centralorganes ihrer nächsten Verwandten, der nicht electrischen Rochen; denn es muss von dem Standpunkte der vergleichenden Anatomie aus das nervöse Centralorgan von Torpedo angesehen werden als ein modificirtes Selachiercentralorgan, welches durch die Einschaltung eines neuen specifischen

<hr>

1) Das electrische Organ des Zitterwelses. Leipzig 1857.

2) Zur Kenntniss der electrischen Organe der Fische. Erste Abtheilung: Malopterurus. Gymnotus. — Abhandlungen der Naturforschenden Gesellschaft in Halle. IV. Band. 1858. S. 33 des Sonderabdruckes.

Centrums, des electrischen Lappens, tief greifende anatomische Veränderungen
erfahren hat, die den übrigen Selachiern fehlen, und deren anatomische und
physiologische Bedeutung einzig und allein gewürdigt werden kann aus dem
Vergleich mit dem Gehirn anderer, nicht electrischer Selachier. Einen solchen
anatomischen Vergleich anzustellen ist aber zur Zeit noch unmöglich, da bisher
in der Wissenschaft eine wirklich genaue Erkenntniss der Centralorgane der
Selachier noch fehlt. Es ist daher klar, dass die Feststellung der anatomischen
und physiologischen Beziehungen des electrischen Lappens zu den übrigen
Provinzen des Centralorgans überall nur unvollständig gelingen kann; denn
es fehlt die natürliche Voraussetzung ihrer vollständigen Erledigung, die Ein-
sicht in den Bau und Zusammenhang der übrigen mit dem electrischen Lappen
in Verbindung stehenden Nervencentra.

## 2. Literatur.

Der erste Anatom, welcher des lobus electricus von Torpedo Erwähnung
thut, ist der toskanische Arzt Stefano Lorenzini, Schüler des grossen Francesco
Redi. In seiner im Jahre 1678 erschienenen anatomisch-physiologischen Monographie über Torpedo[1]) wird von ihm zum ersten Male das nervöse Centralorgan dieses Fisches vollständig beschrieben und abgebildet. Die zu einer
rundlichen Masse verschmolzenen beiden lobi olfactorii werden als tubercolo
grande bezeichnet. Die hinter ihnen gelegenen Grosshirnhemisphären sind in
der Terminologie Lorenzini's das erste Tuberkelpaar. Die an sie sich nach
hinten anschliessende, aus den grossen corpora quadrigemina nebst dem kleinen
cerebellum bestehende Centralmasse des Centralorganes wird von Lorenzini
dem Kleinhirn der Säugethiere verglichen. Auf diese folgt nach hinten der
durch eine mediane Furche in zwei Hälften getheilte lobus electricus, der von
Lorenzini mit dem Namen des zweiten Tuberkelpaares belegt wird. Von ihm
lässt Lorenzini bereits ganz richtig die mächtigen Stämme des electrischen
Nerven entspringen, deren vordere Abtheilung er als fünftes Paar bezeichnet
und dem trigeminus der Säugethiere vergleicht, während er die hinteren Stämme
als sechstes Paar aufführt und sie dem achten Paare der Säuger, dem Nervus
vagus, entsprechen lässt.

Während so durch die Entdeckung Lorenzini's die Kenntniss des lobus
electricus als eines besonderen anatomischen Bestandtheiles des Gehirns von
Torpedo bereits in das 17. Jahrhundert zurückgreift, so gehört doch seine
tiefere vergleichend anatomische Erkenntniss, seine richtige Würdigung als
eines in dem Thierreiche einzig dastehenden Organes erst unserem Jahrhundert an: diese richtige vergleichend anatomische Auffassung war eben überhaupt erst möglich, nachdem durch die allgemeinen Fortschritte der vergleichenden Anatomie die Morphologie der nervösen Centralorgane der Wirbelthiere in ihren Grundzügen festgestellt war.

---

1) Osservazioni intorno alle Torpedini. — Firenze 1678.

Der erste, welcher den lobus electricus als eine besondere, vergleichend anatomische Eigenthümlichkeit des Zitterrochen hervorhebt, ist Alexander von Humboldt. Als er eben den südamerikanischen Continent betreten hatte und mit den Vorbereitungen zu seiner Reise in das Innere des Landes beschäftigt war (1799), wurde ihm in Parana ein Zitterroche gebracht, den er sofort secirte, um sich von seiner anatomischen Identität mit der ihm wohlbekannten Torpedo der Mittelländischen Meere zu überzeugen. Bei dieser Gelegenheit war es, dass ihm bei der Untersuchung des Gehirns der lobus electricus auffiel, dessen er mit folgenden Worten gedenkt: dans lequel (scilicet cerveau) il y a — ce qui est sans doute bien extraordinaire — dans la substance médullaire du cerveau deux tubercules (corpora clavata) d'un beau jaune de citron.[1] Auf diese Stelle A. v. Humboldt's muss offenbar die Benennung des Lobus citrinus zurückgeführt werden, die neben der des lobus electricus in der späteren Literatur sich mitunter vorfindet; wenigstens ist es mir nicht gelungen, einen anderweitigen Beleg für diesen Namen aufzufinden.

Fast gleichzeitig und unabhängig von Humboldt beschrieb in Italien Jacopi[2] den lobus electricus als eine das Gehirn von Torpedo vor dem aller übrigen Fische auszeichnende Eigenthümlichkeit (1809): „Hinter dem Kleinhirn — sagt er — dort wo es bei den anderen Fischen sich in das verlängerte Mark fortsetzt, findet sich beim Zitterrochen eine Anschwellung grauer Substanz, deren Volum fast das des Kleinhirnes und der Hemisphäre zusammengenommen übertrifft." Auch beschreibt Jacopi bereits ganz richtig den Ursprung der electrischen Nerven aus dem lobus.

Obwohl so bereits von zwei verschiedenen Seiten auf diese einzig in ihrer Art dastehende Eigenthümlichkeit des Torpedo-Gehirnes hingewiesen worden war, so verging doch noch einige Zeit, bis sich die Anerkennung des lobus electricus als eines in der Wirbelthierreihe ohne Homologie dastehenden Gehirntheiles allgemeine Bahn brach. So konnte noch in den Philosophical Transactions vom Jahre 1832 John Davy[3] eine ganz richtige Abbildung des Centralorgans von Torpedo mit dem lobus electricus veröffentlichen, ohne im Text mit einer Silbe die anatomische Bedeutung dieses Organs zu erwähnen.

G. Carus[4] und Arsaky[5], welche beide gleichfalls Abbildungen des nervösen

---

1) Recueil d'observations de Zoologie et d'Anatomie comparée par A. v. Humboldt et A. Bonpland. Deuxième livraison Paris 1804. (Das vollständig erschienene Werk trägt die Jahreszahl 1811.) S. 53. — Beobachtungen aus der Zoologie und vergleichenden Anatomie. — Stuttgart 1807—1809.

2) Elementi di Fisiologia ed Anatomia comparata Milano 1809. S. 234.

3) Researches, anatomical and physiological. London 1839. Vol. I.

4) Versuch einer Darstellung des Nervensystems und insbesondere des Gehirns nach ihrer Bedeutung. Entwickelung und Vollendung im thierischen Organismus. Leipzig 1814. Taf. II. Fig. 25—27.

5) Apostoli Arsaky Epirotae Commentatio de piscium cevebro et medulla spinali, scripta auspiciis et ductu Johannis Frederici Meckelii, denuo edita fragmentis de eadem re additis a Gustavo Guglielmo Minter Lipsiae 1836. Taf. III. Fig. 7. (Erste Auflage: Halle 1813.)

Centralorganes von Torpedo veröffentlichten, haben die Erkenntniss des lobus nicht gefördert. Soviel ich habe ermitteln können, ist es der verdienstvolle Neapolitaner Anatom delle Chiaje[1]) gewesen, welcher dem bisher nur nach seiner Form („corpora clavata") oder nach seiner Farbe („lobus citrinus") bezeichneten lobus die ihm seitdem gebliebene bessere, weil seiner charakteristischen Funktion entsprechende Benennung des lobus electricus beilegte. Ebenso wie A. v. Humboldt, dessen Entdeckung delle Chiaje übrigens nicht zu kennen scheint, ist auch ihm die eigenthümliche Farbe des frischen Organes aufgefallen, welche er als strohgelb (pagliarino) bezeichnet. Um das Verhältniss des lobus electricus zu dem verlängerten Marke, welchem er aufliegt, zu zeigen, bildet er bei schwacher Vergrösserung einen Querschnitt des Centralorganes von Torpedo sehr richtig ab: sonderbarer Weise aber ist dabei dem sonst so sorgfältigen Zergliederer der Ursprung der electrischen Nerven aus der Substanz des electrischen Lappens entgangen; er lässt diese vielmehr aus dem verlängerten Marke hervorgehen und bestreitet entschieden ihren von Jacopi behaupteten Zusammenhang mit dem electrischen Lappen selber.

Diesen Irrthum delle Chiaje's berichtigte endlich im Jahre 1844 Paolo Savi durch seine berühmte anatomische Monographie über das Nervensystem und über das electrische Organ von Torpedo[2]), in welcher die mikroscopischen Verhältnisse des Lobus electricus endgültig festgestellt wurden. Savi vindicirt dem lobus electricus ausschliesslich die Bedeutung als Ursprungsstätte zu dienen für die electrischen Nerven, deren anatomische und physiologische Dignität gleichfalls in dieser Monographie zum ersten Male vollkommen richtig gewürdigt wird: denn obwohl Savi in seiner Nomenklatur noch die alten Bezeichnungen Lorenzini's beibehält und den vordern Stamm des electrischen Nerven als Quintusast, die vier hinteren aber als Vagusäste bezeichnet, betont er doch gleichzeitig ausdrücklich, dass alle diese fünf Nerven vollkommen neue Nerven darstellen, die dem Nervensystem von Torpedo hinzugefügt sind, um einer neuen Function zu dienen, und dass sie daher gar keine Analogie in dem Nervensystem der übrigen Wirbelthiere besitzen.

Inzwischen hatte bereits auch die mikroskopische Untersuchung des lobus begonnen. Als der erste, welcher das Mikroskop zu seiner Untersuchung angewandt hat, muss Valentin[3]) genannt werden: er beschreibt seine Substanz als ausschliesslich aus kolossalen Nervenkörpern bestehend, die durch netz-

---

1) Anatomiche disamine sulle Torpedini. — Atti della R. Società Borbonica delle Scienze. Tornata del 10 Aprile 1839 Napoli. Ich habe nicht ermitteln können, ob die Bezeichnung „lobus electricus" nicht vielleicht schon in einer früheren Arbeit delle Chiaje's vorkommt: nach Valentin hat delle Chiaje schon 1836 eine Abbildung der Centralorgane von Torpedo veröffentlicht in seinen Istituzioni di notomia comparata Tomo III Napoli 1836. Taf. XXVII. Fig. 5 und 8.

2) Etudes anatomiques sur le système nerveux et sur l'organe électrique de la Torpille. In: Matteuci, Traité des phénomènes électrophysiologiques des animaux. Paris 1844.

3) Beiträge zur Anatomie des Zitterales. Neue Denkschriften der allgem. Schweizerischen Gesellschaft für die gesammten Naturwissenschaften. Band VI. 1842. S. 24 des Sonderabdruckes. — Wagner's Handwörterbuch der Physiologie. Band I. S. 266, Artikel: Electricität der Thiere.

förmige Scheiden von einander getrennt sind und in den Maschenräumen wie in einem Korbgeflechte liegen. — Aehnlich spricht sich wenige Jahre später auch Savi über die mikroskopische Zusammensetzung des lobus aus.

Eine neue Epoche in der Untersuchung des lobus, die als die histiologische bezeichnet werden kann, beginnt im Jahre 1846 durch Harless[1]. Dieser Gelehrte war der erste, welcher auf die feineren histiologischen Eigenthümlichkeiten der von Valentin entdeckten kolossalen Ganglienzellen und die mehrfachen und grossen Vortheile (leichte Isolirfähigkeit u. s. w.) aufmerksam machte, die gerade diese Ganglienzellen dem Histiologen darbieten. Seitdem sind diese Zellen ein Lieblingsobject der mit der Histiologie des Nervensystems sich beschäftigenden Forscher geblieben. Rud. Wagner[2] mit seinen Schülern Billroth und Meissner stellte an ihnen zuerst den Zusammenhang der markhaltigen Nervenprimitivfasern mit Ganglienzellen in unzweideutiger Weise fest. Später begründete auf sie Max Schultze[3] seine Theorie der fibrillären Structur der Axencylinder und der Ganglienzellensubstanz. J. Kollmann[4] suchte an ihnen — wie vor ihm übrigens schon Harless gethan hatte — den Zusammenhang des Kernkörperchens mit dem Axencylinder nachzuweisen. Zuletzt hat sich F. Boll[5] mit der Histiologie dieser Zellen beschäftigt.

Während die genannten Mikroskopiker sich ausschliesslich der Erörterung der an diese Ganglienzellen sich knüpfenden histiologischen Fundamentalfragen widmeten, habe ich in einer bereits früher veröffentlichten Abhandlung[6] einen anderen Weg betreten und mich darauf beschränkt, mit Beiseitelassung aller rein histiologischen Fragen mittelst einer nach der Stilling'schen Methode ausgeführten Untersuchung die anatomische Zusammensetzung und Topographie des lobus genauer festzustellen — eine Aufgabe, welche von den oben genannten Forschern bisher so gut wie völlig vernachlässigt worden war. Damals vermochte ich die mir gestellte Aufgabe jedoch nur unvollständig zu lösen. Seitdem habe ich die Untersuchung des lobus nach der Stilling'schen Methode noch weiter fortgesetzt und ausser den in meiner ersten Arbeit allein in Betracht gezogenen Querschnitten auch eine grosse Anzahl von Längsschnitten angefertigt und studirt. So bin ich jetzt in der Lage, unter Ver-

---

1) Briefliche Mittheilung über die Ganglienkugeln der lobi electrici von Torpedo Galvanii. Müller's Archiv 1846.

2) Nachrichten der G. A. Universität und der Königlichen Gesellschaft der Wissenschaften zu Göttingen 1851. N. 14.

3) Observationes de structura cellularum fibrarumque nervearum. Akademisches Programm. Bonn 1868.

4) Ueber den Kern der Ganglienzellen. — Sitzungsberichte der Königlich Bayr. Akademie der Wissenschaften zu München 1872.

5) Neue Untersuchungen zur Anatomie und Physiologie von Torpedo. Monatsberichte der Berliner Akademie der Wissenschaften. 1875. Seite 710.

6) Beiträge zur Kenntniss des electrischen Centralorgans von Torpedo. — Reichert und du Bois-Reymond's Archiv 1873. S. 751.

besserung einiger in meiner ersten Abhandlung noch enthaltenen Irrthümer den Fachgenossen eine so gut wie vollständige Monographie des lobus electricus vorzulegen.[1]) —

### 3. Allgemeine Bemerkungen zur Anatomie des lobus electricus.

Der lobus electricus schiebt sich beim Zitterrochen zwischen medulla oblongata, corpora quadrigemina und Kleinhirn ein und bedeckt bei der Ansicht der Centralorgane von oben her vollständig die Gegend der fossa rhomboidalis, welche mithin bei Torpedo als anatomisches Gebilde eigentlich nicht existirt. Durch diese Einlagerung des lobus electricus werden die sonst in dem Gehirn der Selachier unmittelbar an einander stossenden Theile: verlängertes Mark einer- Vierhügel und Kleinhirn andererseits erheblich aus einander gedrängt und erscheinen in ihrer gegenseitigen Lage in einer Weise verschoben, welche in der vergleichenden Anatomie ohne Analogie dasteht.

Von oben gesehen erscheint der lobus electricus genau in der eigenthümlichen Form, welche in der schematischen Zeichnung Fig. 2 wiedergegeben ist; doch müssen, um zu dieser reinen Anschauung seiner Form zu gelangen, vorher die sein vorderes Ende von oben und von der Seite her überdeckenden und umgreifenden Theile des Kleinhirns und der Vierhügel abgetragen werden. Ohne jede weitere Präparation liegen nur die ersten — von der Medulla aus gerechneten — zwei Drittel des Lappens vollkommen frei, das vordere Drittel wird von oben her durch darüber gelagerte Theile der Kleinhirnformation bedeckt und dem Auge entzogen.

Die Dimensionen des lobus electricus betragen bei erwachsenen Individuen von 35—40 Ctm. Länge ein Centimeter in der Breite und ein ein halb Centimeter in der Länge.

Sehr charakteristisch ist bei ausgewachsenen Exemplaren die Farbe des Lappens, welche A. v. Humboldt und Delle Chiaje veranlasste, ihn als citronengelben und strohfarbenen zu bezeichnen. Er verdankt diese eigenthümliche Farbe dem olivenfarbenen Pigmente, welches in Körnchenform reichlich in seinen Ganglienzellen enthalten und seiner Natur und seinem Aussehen nach identisch ist mit den Pigmentkörnchen, die sich in den grossen Ganglienzellen der vorderen Hörner erwachsener Säugethiere regelmässig vorfinden.

Giebt es einen einzigen oder gibt es zwei lobi electrici? d. h. ist der lobus electricus in der Medianebene gespalten, und zerfällt er in zwei gleiche anatomische Hälften, wie das Grosshirn der Säuger, oder ist er als ein ein-

---

1) In Bezug auf das Detail der angewandten Untersuchungsmethode ist zu bemerken, dass die Centralorgane stets ganz frisch getödteten Thieren entnommen und theils in Müller'scher Flüssigkeit und in doppeltchromsaurem Ammoniak, theils in Alkohol erhärtet wurden. Zu der Färbung der aus freier Hand mit dem Rasirmesser angefertigten Quer- und Längsschnitte benutzte ich Carmin (in den verschiedensten Verbindungen und Concentrationen) und (besonders für die Alkohol-Präparate) Haematoxylinlösungen.

ziges nervöses Centralorgan anzusehen, innerhalb dessen die nervösen Bahnen
über die Medianebene übergreifen? Diese Frage wird von den verschiedenen
Autoren verschieden beantwortet. Lorenzini, der den Lobus als zweites Tuberkelpaar bezeichnet, scheint das letztere angenommen zu haben. Auch Humboldt
schreibt von zwei Tuberkeln, Valentin und Harless von lobi electrici; andererseits sprechen sowohl Jacopi wie delle Chiaje nur von einer einzigen Anschwellung. Hiergegen erklären sich ausdrücklich Savi und St. Sihleanu[1]).
Ich selbst war zur Zeit der Abfassung meiner ersten Arbeit durchaus der Ansicht, dass zwei durch eine mediane Furche geschiedene Lappen existirten,
ganz wie meine sämmtlichen Präparate es unzweideutig zu zeigen schienen;
dem entsprachen auch die Zeichnungen, die überall den lobus als in zwei gleiche
Hälften getheilt darstellten. Ich war daher sehr erstaunt, als ich ein Präparat
des Herrn Professor Ciaccio in Bologna zu sehen bekam, auf welchem die
beiden Hälften des Lappens in der Medianlinie deutlich vereinigt waren. Da
dieses Präparat von Torpedo marmorata, die meinigen aber sämmtlich von
Torpedo Narke herrührten, glaubte ich die Differenz auf einen Species-Unter-
schied zurückführen und der Torpedo marmorata einen ungetheilten, in der
Medianebene zusammenhängenden, der Torpedo Narke aber zwei bilateral sym-
metrische lobi zuschreiben zu müssen. Aber auch diese Vermuthung erwies
sich nicht als stichhaltig; denn nachdem ich mir frisches Untersuchungsmaterial
aus Viareggio von der Narke und aus Porto d'Anzio von der marmorata be-
sorgt hatte, stellte es sich heraus, dass in der That bei beiden Arten der
lobus electricus ein in der Medianlinie verschmolzenes, ungetheiltes Ganzes
darstellt. Doch ist die Verbindung in der Mittellinie so zart und leicht zer-
reisslich, dass gewöhnlich schon bei Eröffnung der Schädelkapsel die geweb-
liche Continuität in der Medianebene zerstört und so zwei lobi vorgetäuscht
werden. Nur von den mit der nöthigen Vorsicht behandelten Präparaten lassen
sich solche Querschnitte anfertigen, wie sie auf den beigegebenen Tafeln abgebildet sind, auf denen das Organ als ein einziges erscheint, zusammengesetzt
jedoch aus zwei symmetrischen Hälften, die in der Medianebene durch eine
vom Centralkanale ausgehende Raphe von Zwischengewebe mit einander ver-
löthet sind. Dass ich derartige Präparate früher niemals erhielt, erklärt sich
daraus, dass sämmtliche Centralorgane, die mir bei der Abfassung meiner ersten
Arbeit als Untersuchungsmaterial dienten, ausnahmlos von Thieren herrührten,
denen zum Zweck physiologischer Versuche intra vitam die knorplige Schädelkapsel eröffnet und der lobus electricus blossgelegt worden war.

Ueber die Beziehung des lobus zur pia mater ist folgendes zu bemerken:
Die freie Oberfläche des Lappens wird von einem kurzzelligen Epithel über-

---

1) St. Sihleanu, De pesci elettrici e pseudo-elettrici. Dissertazione libera presentata par
ottenere la laurea in scienze naturali Napoli 1876. — Eine nur mit Vorsicht zu benutzende Com-
pilation über die Anatomie und Physiologie der electrischen und pseudoelectrischen Fische; einzig
und allein die im Text erwähnte unrichtige Behauptung tritt als Ergebniss selbständiger Beobachtung auf.

zogen, welches aus sehr zarten und vergänglichen, nicht flimmernden Zellen besteht. Die pia mater bedeckt den lobus von oben, ohne jedoch Verbindungen mit seiner Substanz einzugehen: zwischen ihr und dem den lobus überziehenden Epithel bleibt stets ein freier Zwischenraum; da wo die Oberfläche des Lappens an andere Hirntheile — verlängertes Mark, Vierhügel und Kleinhirn — anstösst, tritt die diese Theile überziehende pia in Continuität mit dem die freie Oberfläche des lobus überziehenden Epithel und scheint sich unmittelbar in dieses fortzusetzen. Man könnte mithin den Sachverhalt so auffassen, dass die das gesammte Centralorgan einhüllende pia mater auch die freie Oberfläche des lobus electricus überzieht, aber nicht in ihrer gewöhnlichen Form einer sehr gefässreichen, bindegewebigen Membran, sondern verwandelt in eine der Gefässe und des Bindegewebes entbehrenden Haut. Ebensoviel Berechtigung hat jedoch vielleicht noch eine andere Auffassung, nach welcher das die freie Oberfläche des lobus überziehende Epithel anzusehen wäre als eine Fortsetzung des den Centralkanal überziehenden Epithels. An dem vorderen, an die Vierhügel anstossenden Ende des lobus electricus ist ganz deutlich die Continuität des seine freie Fläche überziehenden Epithels mit der Auskleidung des hier austretenden Centralkanales nachzuweisen.

### 4. Successive Querschnitte des electrischen Lappens.

Aus der reichen Sammlung von Querschnitten, welche nach der Stilling'schen Methode vom lobus electricus angefertigt wurden, genügt es, sechs zu beschreiben und bildlich vorzuführen.

Die anatomische Configuration des Lobus ändert sich eben nicht so schnell, als dass nicht alle wesentlichen Structureigenthümlichkeiten des Organs bei der Erläuterung dieser, wenn auch beschränkten Auswahl von Abbildungen ihre Berücksichtigung finden sollten.

Zum leichteren Verständniss der nun folgenden Auseinandersetzungen empfiehlt es sich, den lobus vom Rückenmark an gerechnet in sechs gleiche Abschnitte getheilt zu denken.

Von diesen sechs Sechsteln sind die vier mittleren ausgezeichnet durch den Besitz der Wurzeln der electrischen Nerven. Das erste, der medulla oblongata zunächst liegende, und das letzte, an die corpora quadrigemina stossende Sechstel entbehren der Nervenwurzeln, deren Bild für die sämmtlichen dem Bereiche der mittleren vier Sechstel entnommenen Querschnitte durchaus characteristisch ist.

Die erste hier zu erläuternde Abbildung (Fig. 3) ist ein Querschnitt, der etwa durch die Mitte des ersten Sechstels geführt worden ist.

Der Hirnstock, auf dem der lobus electricus aufliegt, erscheint in diesem Querschnitte überwiegend als aus querdurchschnittenen Bündeln weisser Substanz bestehend, die — zu beiden Seiten der in der Medianebene deutlich vorhandenen Raphe — den ganzen untern Abschnitt des verlängerten Marks einnimmt. Der

Centralkanal (Cc) liegt an dieser Stelle des verlängerten Marks längst nicht mehr im Centrum wie im Rückenmarke, sondern ist der oberen Fläche erheblich näher gerückt; zwischen ihm und der oberen Fläche des Hirnstockes liegt eine dünne Schicht grauer Substanz. Diese graue Substanz enthält nur in der nächsten Umgebung des Centralkanales selbst grössere Ganglienzellen, die hier eine nervenkernartige Ansammlung (N.) bilden, die auch noch auf verschiedenen folgenden Querschnitten, wenn auch in mehrfach modificirter Form und Lage wiederkehren wird. Zur Vervollständigung des Querschnittsbildes des Hirnstockes ist endlich noch die Existenz eines Längsfaserzuges von Nervenfasern hervorzuheben, welcher von dem Nervenkern N seitlich ausgeht und sich bis an den oberen seitlichen Rand des verlängerten Markes erstreckt. Diese Längsfaserschicht begränzt die querdurchschnittene weisse Substanz nach oben hin und scheidet sie von der grauen molekulären Masse.

Der lobus electricus zeigt auf diesem Querschnitte keinerlei organische Verbindung mit dem Hirnstocke; er liegt einfach der oberen Fläche des Hirnstockes auf, bleibt jedoch von seiner Substanz getrennt durch eine der pia mater entstammende Membran, die sich hier zwischen beide Theile einschiebt. In der Medianebene zeigt der lobus eine sattelartige Vertiefung, aber keine mediane Raphe. Die Höhe des lobus in der Medianebene entspricht in diesem Querschnitt 17 übereinander gelegenen Ganglienzellen.

Der in Fig. 4 abgebildete Querschnitt ist als etwa durch die Mitte des zweiten Sechstels geführt anzusehen; er zeigt nicht unerhebliche Verschiedenheiten von dem eben beschriebenen. Der Hirnstock besteht zwar noch überwiegend aus querdurchschnittener weisser Substanz; doch hat sich zu beiden Seiten der ihn halbirenden Raphe eine einzeilige Reihe (M.) von Ganglienzellen eingefunden, welche transversale Fasern zu beiden Seiten aussenden. Der Centralkanal (Cc) ist nunmehr ganz an die obere Fläche gerückt und liegt recht eigentlich zwischen Hirnstock und lobus electricus. Die Ganglienzellengruppe N ist auch noch auf diesem Querschnitte vorhanden, hat aber ihre Lage verändert, die unmittelbare Nachbarschaft des Centralkanales verlassen und ist mehr seitlich gerückt; von ihr geht ein ziemlich starkes Nervenfaserbündel $N_1$ aus, welches seine Fasern dem mächtigen Stamme NE beimischt, welcher auf diesem Querschnitte aus dem lobus electricus hervorbricht.

Der lobus electricus ist breiter und höher geworden; seine Höhe entspricht auf diesem Querschnitte in der Medianebene 25 Ganglienzellen. Die seine Medianlinie bezeichnende sattelförmige Einsenkung ist flacher und schmaler geworden; eine bindegewebige mediane Raphe ist hier noch nicht nachweisbar. Aus ihm entspringt der mächtige Nervus electricus (NE) in einer sehr charakteristischen Weise, die sich nunmehr nahezu gleichmässig auf allen durch den Bereich der vier mittleren Sechstel des lobus geführten Querschnitten wiederholt.

Dieser Ursprung der electrischen Nervenwurzelfasern aus dem Lobus gewährt besonders auf sehr feinen Querschnitten, die eine Untersuchung auch mit stärkeren Objectivsystemen zulassen, ein ausserordentlich zierliches Bild, indem einerseits stärkere und schmälere Bündel der Nervenfasern sich tief bis in die innere Masse des Lappens hinein verfolgen lassen; andererseits einzelne Ganglienzellen und Zellenreihen weit bis in die schon zu einem regelmässigen Bündel gesammelte Masse des Nervus electricus vordringen.

Es giebt wohl innerhalb des ganzen Thierreiches keinen Ort, wo das fundamentale Factum der feineren Nervenanatomie, der Uebergang der Axencylinderfortsätze in die Nervenfasern so leicht und deutlich zu demonstriren wäre, wie gerade hier. Figur 12 giebt bei stärkerer Vergrösserung (Hartnack VIII, 3.) ein Bild dieses überaus lehrreichen Verhältnisses. Die grosse Zahl der in der Zeichnung ursprungslos erscheinenden Nervenfasern erklärt sich leicht aus dem zu der Richtung des Querschnittes nicht immer parallelen Zuge der Nerven, die oft wellenförmig verlaufend höher oder tiefer gelegenen Ganglienzellen zustreben, ferner aus dem Umstande, dass die weiter entfernt in der Schnittebene entspringenden Nerven, um zu dem gemeinsamen Ausgange zu gelangen, sich zwischen den diesem näher liegenden Zellen durchwinden müssen.

Endlich ist in diesem Querschnitte noch der Existenz einer Anhäufung grauer molekulärer Masse (O) zu gedenken, die in dem vorher betrachteten Querschnitte (Fig. 3) noch nicht vorhanden war, und die daher als ein im zweiten Sechstel des lobus neu hinzugekommenes Element angesehen werden muss. Sie hat in dem Querschnitte die Gestalt eines spitzwinkligen Dreieckes, dessen eine Ecke bogenförmig abgerundet und nach aussen von dem, aus dem lobus austretenden Nerven NE gelegen ist. Bei schwacher Vergrösserung erscheint sie als aus molekulärer Masse bestehend; auch stärkere Objective vermögen in ihr nur die Existenz sehr spärlicher, kleiner und unansehnlicher Ganglienzellen nachzuweisen. Von ihr geht ein Bündel Nervenfasern (O₁) aus, welches sich an die äussere Fläche des electrischen Nerven (NE) anschliesst und mit ihm zusammen verläuft, ganz ähnlich, wie sich an die innere Fläche des Nervus electricus das aus dem Nervenkern N stammende Nervenfaserbündel N₁ anschmiegt und seinen Zug begleitet.

Der nun folgende Querschnitt Fig. 5 ist durch die grösste Breite des lobus geführt worden. Diese Stelle grösster Breite entspricht nicht ganz der Mitte des Lappens, sondern liegt etwas vor ihr, so dass dieser Querschnitt etwa durch den hinteren Abschnitt des dritten Sechstels gelegt zu denken ist.

In dem Bereiche des Hirnstockes erscheinen zunächst die zwischen der Raphe und der Innenseite des Nervus electricus gelegenen Theile gegen das vorige Bild nahezu unverändert; die querdurchschnittene weisse Substanz hat in dem neuen Querschnitte an Breite zugenommen, ist aber sonst in Lage und anatomischer Beziehung nicht modificirt. Gleichfalls so gut wie unverändert präsentirt sich die längs der Raphe gelegene einzeilige Ganglienzellenreihe M. Nur der in dieser Gegend befindliche Ganglienzellenkern N ist nicht unerheblich dislocirt: er ist noch weiter vom Centralkanale seitlich gerückt und erscheint noch stärker entwickelt als in dem letzt besprochenen Querschnitte. Einen charakteristischen Wechsel der Verlaufsrichtung hat der von ihm ausgehende Nervenfaserzug $N_2$ erlitten: während dieser Zug in Fig. 4 der Bahn des electrischen Nerven (NE) sich deutlich anschloss, mithin abwärts gerichtet war, steht in Fig. 5 $N_2$ vielmehr fast senkrecht zur Richtung des Nervus electricus und ist nach oben gerichtet. In der That lassen sich mit stärkeren Vergrösserungen auf dünnen Schnitten einzelne diesem Nervenzuge angehörige Fasern durch das Geflecht der Fasern des electrischen Nerven hindurch bis zwischen die Ganglienzellen des lobus verfolgen.

Ueber den lobus und den mächtigen von ihm ausgehenden Nervus electricus ist in diesem Querschnitte nichts zu sagen, was nicht schon aus der unbefangenen Beobachtung der Abbildung von selbst erhellte: nehmlich, dass er hier seine grösste Masse, sowohl seine grösste Breite als seine grösste Höhe (33 Ganglienzellen entsprechend) erreicht hat.

Bemerkenswerth ist für diesen Querschnitt zum ersten Mal das deutliche Hervortreten einer medianen, den lobus in zwei Hälften theilenden Raphe; in der Mittellinie aufwärts vom Centralkanale (Cc) liegt keine einzige Ganglienzelle, sondern diese weichen alle etwas nach der einen und anderen Seite aus, indem sie in der Mitte Raum lassen für ein zartes, sehr gefässreiches Zwischengewebe. Dieses zarte Gewebe war es, das in den früher angefertigten Präparaten zerrissen war und so eine zwischen zwei lobi electrici befindliche Längsspalte vorgetäuscht hatte. An den jetzigen, aus besserem Materiale angefertigten Präparaten kann man sich überall von dem Geschlossensein des Centralkanales überzeugen (vergleiche Fig. 11), der, nachdem er einmal an die Oberfläche des Hirnstockes gelangt ist, dort seine Stellung an der Gränze des Hirnstockes und lobus electricus durch alle successiven Querschnitte bis zum völligen Aufhören des letzteren beibehält. Wie die bei stärkerer Vergrösserung entworfene Fig. 11 lehrt, gleicht der Querschnitt des Centralkanales einem länglichen Schlitze. Bemerkenswerth ist, dass nur die untere, dem Hirnstocke zugekehrte Wand des Centralkanales aus deutlichem Cylinderepithel besteht, während nach oben, gegen den lobus hin, sein Lumen nur von sehr niedrigen und jedes epithelialen Charakters entbehrenden Zellen begränzt wird.

Es bleiben für den Querschnitt Fig. 5 noch die nach Auswärts vom electrischen Nerven gelegenen Theile zu berücksichtigen, die gegen den Querschnitt Fig. 4 eine erhebliche Entwickelung erfahren haben.

Das an dem Querschnitte Fig. 4 schon beschriebene Feld moleculärer Masse O ist auch in diesem Querschnitte noch vorhanden, hat aber seine Form und Lage nicht unwesentlich verändert; auch der an den Nervus electricus sich anschliessende Nervenfaserzug $O_1$ ist nicht unschwer wiederzuerkennen; offenbar zu ihm gehören die wohl nur durch ihren schrägen Verlauf abgesprengten — mit $O_2$ bezeichneten — Nervenstränge. Ausser diesem mit O bezeichneten Felde und den mit ihm in Verbindung stehenden Nerven $O_1$ und $O_2$ ist jedoch auf diesem Bilde nach aussen vom electrischen Nerven noch die Anwesenheit zweier neu auftretender Organe zu constatiren, die in der vorigen Figur (4) noch nicht sichtbar waren. Es sind dies das mit Q bezeichnete Feld quer-

durchschnittener weisser Substanz und das dieses von aussen rindenartig umgebende schmale Band grauer molekulärer Masse P, welches durch zahlreiche
von der Peripherie eindringende Blutgefässe in eine Reihe paralleler Felder
zerlegt wird.

In dem nun folgenden Querschnitte Fig. 6, der durch die Mitte des vierten
Sechstels geführt zu denken ist, ist der Ort der grössten Dimensionen des
lobus electricus bereits überschritten. Zwar ist die Höhe noch dieselbe geblieben (34 Ganglienzellen) wie in dem vorhin betrachteten Querschnitte, dafür
aber ist die Breitenausdehnung des Lappens erheblich eingeschränkt. Auch
auf diesem Schnittbilde ist eine deutlich, vom Centralkanale ausgehende, mediane
Raphe vorhanden. Der Nervus electricus erscheint hier fast noch mächtiger
als in der oben erläuterten Fig. 5.

Die nach Innen vom electrischen Nerven gelegenen Theile des Hirnstockes
haben eine wesentliche Veränderung erlitten: verschwunden ist die Ganglienzellengruppe M, und der Kern N mit den von ihm ausgehenden Faserzuge $N_2$
ist dem Erlöschen nahe; dafür beginnt ein System transversaler Faserzüge
aufzutreten, welches durch die mediane Raphe hindurch die beiden Hälften des
Hirnstockes verbindet. Ausserdem tritt an der Basis des Hirnstockes ein neuer
Nervenzellenkern R auf. Die nach Aussen vom electrischen Nerven gelegenen
Felder O, Q und P sind in wenig modificirter Form und Lage noch vorhanden.
Zu ihnen gesellt sich, sie von oben her bedeckend, ein neues Organ, das aus
grauer Substanz bestehende Feld S, dessen Rindenschicht ganz ähnlich wie
das oben beschriebene Feld P durch die von der Peripherie her eindringenden
Blutgefässe in regelmässige Abschnitte zerlegt wird.

Sehr erhebliche Modificationen zeigt die dem fünften Sechstel entnommene
Fig. 7; zwar besitzt auch hier noch der lobus ein stattliches Volumen und
noch ganz dieselbe Höhe (34 Ganglienzellen) wie in den beiden letzten Schnitten,
doch erscheint er in der Breitenausdehnung erheblich geschmälert. Das, was
diesen Querschnitt von Fig. 6 wesentlich unterscheidet, ist das Verschwinden
des electrischen Nerven, welcher nur als ein Zug dünner Bündel (NE) auf
kurze Strecke hin nachweisbar ist.

Im Bereiche des Hirnstockes haben beträchtliche Veränderungen Platz ge-
griffen. Das transversale Fasersystem durch die Raphe hat sich ausserordentlich stark entwickelt, ebenso der Kern R, der von der Peripherie weg weiter
in das Innere gerückt ist. Da der Hirnstock nun nicht mehr durch die Faserzüge des electrischen Nerven durchbrochen wird, so besteht jetzt eine voll-
kommene Continuität der Hauptmasse des Hirnstockes mit der querdurchschnittenen weissen Substanz des früher (Fig. 6) von ihm durch den Nervus electricus
getrennten, mit Q bezeichneten Feldes. Das Feld O ist gänzlich verschwunden,
die die weisse Substanz umgebende Rindenschicht P — wenngleich in Form
und Lage verändert — noch vorhanden.

Die grösste Abweichung gegen Fig. 6 zeigt das Feld S. Dieses erreicht
jetzt schon die Höhe des lobus selbst und bietet eine sehr complicirte Struktur

dar, indem sich in ihm sowohl graue moleculäre Masse, wie quer- und längs-
durchschnittene Nervenfaserzüge, ausserdem in seiner Spitze Körneransamm-
lungen nachweisen lassen, die mit denen des cerebellum und der retina der
Säugethiere die grösste Aehnlichkeit besitzen. Ein von diesem Organe ausgehender Nervenzug $S_1$ krenzt sich in seiner Verlaufsrichtung senkrecht mit
dem letzten Reste des electrischen Nerven.

Den letzten Ausgang des lobus electricus veranschaulicht die Abbildung
Fig. 8. Das ehemals so mächtige Organ erscheint hier zusammengedrückt und
überthürmt von dem es nunmehr an Höhe erheblich übertreffenden — früher
schon und auch jetzt — mit S bezeichneten Felde. In diesem Stadium beträgt
die Höhe des lobus nur noch 16 Ganglienzellen, ein Nervus electricus ist nicht
mehr sichtbar. Die Unterlage des lobus bildet der homogene Hirnstock, in
welchem die Entwickelung transversaler Faserzüge noch grössere Fortschritte
gemacht hat. Die Zellengruppe R ist verschwunden, dagegen hat sich die
graue Rindensubstanz P ziemlich unverändert conservirt. Das mit S bezeichnete
Feld erscheint hier fast ganz und gar aus denjenigen Körnern zusammengesetzt,
deren Existenz bereits beim vorigen Querschnitte Erwähnung gethan wurde.
Der von ihm ausgehende Faserzug $S_1$ mischt sich nunmehr ganz deutlich dem
den Hirnstock durchsetzenden transversalen Faserzuge bei.

Ausser durch die beiden Felder S, die den lobus von der Seite her überragen, wird er im Verlaufe des ganzen letzten Sechstels von Oben her bedeckt
durch die den ganzen freien Zwischenraum zwischen den beiden Feldern S
einnehmende Masse der Vierhügel; diese ist in der Abbildung Fig. 8 nicht
wiedergegeben worden, da sie mit dem in dieser Figur dargestellten anatomischen Ensemble nur in einem sehr losen Zusammenhange steht: von der
freien Oberfläche des lobus bleibt sie durch einen sehr erheblichen Zwischenraum getrennt, während zwischen sie und die oberen Enden der beiden Seiten-
felder S Falten der pia mater sich einschieben.

## 5. Successive Längsschnitte des electrischen Lappens.

Die Schnittebene des ersten hier zu betrachtenden Längsschnittes Fig. 13
ist aus dem Diagramm Fig. 2 ersichtlich. Einen verhältnissmässig grösseren
Theil der Figur nehmen die durchschnittenen Stränge des electrischen Nerven,
einen kleineren die Ganglienzellen-Masse des lobus ein: ein Verhalten, welches
sich leicht begreift, wenn man sich eine ideale Längsschnittsebene durch die
eben betrachteten sechs Querschnitte gelegt denkt. Ebenso leicht ist zu verstehen, dass die schräg verlaufenden electrischen Nervenfasern niemals ihrem
Verlaufe parallel vom Schnitte getroffen werden können, sondern stets schräg
durchschnitten werden müssen. Hervorzuheben ist auf diesem Bilde die regelmässige Gruppirung der Nervenröhren des Nervus electricus in zahlreiche
schmälere und stärkere Stämme — ein Verhalten, von dem die Betrachtung
der Querschnittsbilder allein niemals eine Vorstellung zu erwecken befähigt war.

In dem Längsschnitte Fig. 14 treten — im Gegensatze zu dem eben erläuterten Bilde — die Nervenstämme des Nervus electricus vollkommen zurück
gegenüber der mächtigen Entwickelung der Ganglienzellen des lobus, von
denen fast die ganze Masse des Lappens eingenommen wird. Entsprechend
der Ebene, durch die der Schnitt geführt wurde — siehe schematische Fig. 2
— sieht man nur am unteren Rande des lobus die ersten Anfänge der zum Stamme
des electrischen Nerven sich sammelnden Nervenfasern. Bemerkenswerth ist
endlich in Fig. 14 der schmale Keil grauer — zahlreiche Ganglienzellen enthaltender — Substanz N, welche sich zwischen lobus electricus und dem hier
in seiner Längsaxe getroffenen Hirnstocke einschiebt. Es ist dies nichts anderes
als der von den Querschnitten uns wohlbekannte Kern N, der entsprechend der
Ausdauer, mit welcher er die verschiedenen successiven Querschnitte begleitete,
hier in so hervorragend länglicher Gestalt erscheint.

Untersucht man die diesen Kern zusammensetzenden Ganglienzellen bei
stärkerer Vergrösserung (Hartn. VII$_3$), so constatirt man in ihnen Gebilde von
einer eigenthümlichen Structur, sehr abweichend von den oben beschriebenen
und abgebildeten, den vorderen Hörnern des Rückenmarkes entnommenen Zellen
(Fig. 9). Im Gegensatze zu diesen stellen die den Kern N bildenden Ganglienzellen (Fig. 16 a—f.) sehr langgezogene Gebilde mit sehr schmächtigem Zellenleibe dar. Der elliptische Kern liegt stets im Centrum der meist spindelförmig
angeschwollenen Zelle. An ihren Enden gehen die Zellen in ausserordentlich
feine, lang gestreckte und meist verästelte Fortsätze über. [1]

Eine andere, gleichfalls sehr charakteristische Anschauung dieses Kernes
N ergiebt der letzte abgebildete Längsschnitt Fig. 15 (siehe schematische Fig. 2).
Man sieht hier deutlich, wie der Kern seine Hauptansammlung unter dem hinteren
Ende des lobus electricus besitzt und sich einerseits als schmaler Keil nach
vorne erstreckt, andererseits drei lange Ganglienzellenzüge nach hinten zwischen
die Faserzüge des verlängerten Markes hineinsendet.

Was die Form und sonstigen Verhältnisse des lobus auf diesem Schnitte
betrifft, so ist es unschwer zu verstehen, wie in diesem in der unmittelbaren
Nachbarschaft der Medianebene geführten Schnitte — siehe schematische Fig. 2
— nicht einmal Spuren des electrischen Nerven gefunden werden können, da
dieser — wie schon die Untersuchung der Querschnitte lehrt — niemals weit
genug an die Mittellinie heranreicht, um auf einem dieser so nahe gelegten
Längsschnitte sichtbar zu werden. Es wird daher, wie es auch in der That
der Fall ist, ein in dieser Ebene verlaufender Schnitt kein anderes Bild darbieten können, als das eines mächtigen Feldes, das in vollkommen gleichmässiger
Weise mit Ganglienzellen erfüllt ist.

### 6. Anatomische und physiologische Resultate.

Die in den beiden vorhergegangenen Abschnitten gegebene Erläuterung
der successiven Quer- und Längsschnitte genügt eine vollständige Anschauung

---

[1] Leider habe ich die Eigenschaften dieser interessanten Gebilde nur an Querschnitten erharteter Präparate, nicht aber mit Hülfe der Isolirmethode feststellen können.

von der Configuration des lobus electricus zu verschaffen. Das Wesen seiner Structur ist ausserordentlich einfach: in ihm ist eine Verschiedenheit der ihn zusammensetzenden Ganglienzellen, wie solche von Harless angenommen wurde, nicht vorhanden: er besteht vielmehr aus einer sehr grossen Anzahl kolossaler Ganglienkugeln — der mittlere Durchmesser bei erwachsenen Individuen beträgt 0,11 Mm. — von vollkommen gleicher Form und Grösse. Jede dieser Zellen besitzt einen Axencylinderfortsatz, der als Axencylinder einer Faser des electrischen Nerven aus dem lobus austritt. Ausser diesen Nervenfasern, den Ganglienzellen, aus denen sie entspringen, und dem Systeme der verästelten Fortsätze, das die letzteren entsenden, existiren innerhalb des lobus electricus keine weiteren gangliösen Formelemente. Er enthält ausserdem nur noch Blutgefässe und spärliches Bindegewebe und stellt mithin ein nervöses Centrum von ausserordentlicher Einfachheit dar.

Es ist von Interesse, festzustellen, wie viele Ganglienzellen im electrischen Lappen vorhanden sein mögen. Schon F. Boll[1]) hat eine Berechnung angestellt, deren Resultat jedoch nicht ganz zuverlässig ist, da er auf die unvollkommene Methode des directen Zählens der in den einzelnen Schnitten des lobus enthaltenen Zellen angewiesen war. Ich habe mich zu dem gleichen Zwecke der objectiveren Methode bedient, die Zellen nicht in dem mikroskopischen Präparate, sondern auf Photographien[2]) zu zählen, die von diesen angefertigt wurden, und für deren Herstellung ich dem Herrn Abbate Grafen Francesco Castracane zu grossem Danke verpflichtet bin. Diese Methode bietet den Vortheil, dass man jedes bereits gezählte Individuum mit einem Zeichen versehen kann, wodurch die beiden hier in Betracht kommenden Fehlerquellen, eine Zelle gar nicht oder doppelt zu zählen, gleichmässig ausgeschlossen werden.

Nach dieser Methode habe ich festgestellt, dass innerhalb des Bereiches der vier mittleren Sechstel jeder durch den lobus geführte Querschnitt jederseits von der Medianlinie wenigstens 800 Zellen, meist aber mehr (z. B. 826) enthält. Im grössten Längsdurchmesser des lobus folgen 108 Zellen auf einander, so dass die Dicke eines jeden Sechstels $108 : 6 = 18$ Zellen beträgt. Den Inhalt der von den mittleren vier Sechsteln eingenommenen stereometrischen Figur — einem Cylinder sich nähernd — erhält man, indem man die Basis — d. h. einen Querschnitt $= 2 \times 800$ Zellen — mit der Höhe — $4 \times 18$ aufeinanderfolgende Zellen des Längsdurchmessers — multiplicirt:
$$2 \times 800 \times 4 \times 18 = 115200.$$
Für das erste und letzte Sechstel würde der diesem zu addirende Zelleninhalt
$$2 \times 800 \times 2 \times 18 = 57600$$
betragen. Beachtet man jedoch, dass der lobus sich sowohl gegen das Rückenmark wie gegen die Vierhügel hin zuspitzt, so erscheint es gerechtfertigt, für

---

1) F. Boll. Neue Untersuchungen zur Anatomie und Physiologie von Torpedo. Monatsbericht der königlichen Akademie der Wissenschaften zu Berlin. 11. Nov. 1875.

2) Dieselben Photographien leisteten auch bei der Herstellung der diese Abhandlung begleitenden Abbildungen gute Dienste.

diese beiden Sechstel eine Reduction auf die Hälfte, auf 28,800 eintreten zu lassen. Dieses zu 115,200 addirt ergibt 144,000.

Es kann also in runder Summe die Anzahl der in dem lobus enthaltenen Ganglienzellen auf 150,000 angegeben werden. Diese Bestimmung mag uns Veranlassung geben zu einer schmerzlich lehrreichen Betrachtung: wie wenig Positives über die Physiologie der Ganglienzellen feststeht, und wie unsicher namentlich alle diejenigen Schlussfolgerungen sind, die aus der Quantität vorhandener Ganglienzellen gezogen werden. Wenn irgend eine Thatsache in der Physiologie des Nervensystemes feststeht, so ist es die funktionelle Identität der beiden electrischen Centralorgane von Malopterurus und Torpedo; in dem einen Falle wird aber derselbe Zweck erreicht durch ein einziges Paar von Ganglienzellen, während in dem anderen Falle anderthalb Hunderttausend Zellenindividuen benöthigt werden.

Während bei Malopterurus nichts darüber bekannt ist, ob das zu beiden Seiten des Rückenmarkes gelegene Ganglienzellenpaar irgend eine anatomische Verbindung besitzt, hat die mikroskopische Untersuchung des lobus electricus ergeben, dass bei Torpedo die Ganglienzellen, von denen die Innervation der bilateral symmetrischen electrischen Organe ausgeht, eine einzige untrennbare Masse bilden, innerhalb deren eine mediane Raphe zwar in vielen Querschnitten jedoch durchaus nicht in allen nachzuweisen ist. Vielleicht verbürgt diese anatomische Einheit des electrischen Centralorganes von Torpedo die stets gleichzeitige Innervation der beiden electrischen Organe, deren eines allein für sich vielleicht nicht in Thätigkeit versetzt werden kann. Es wäre wünschenswerth, wenn über diesen Punkt einmal Versuche angestellt würden.

Es ist oben die Bedeutung der electrischen Centralorgane für die vergleichende Anatomie genügend auseinandergesetzt und hervorgehoben worden, dass durch ihren Besitz die electrischen Fische von ihren nicht electrischen Verwandten in nicht minder charakteristischer Weise ausgezeichnet werden, als durch die electrischen Organe selbst. Dasselbe Raisonnement, welches dort für die electrischen Centralorgane angewandt wurde, muss jedoch noch auf einen anderen Theil des Nervensystemes ausgedehnt werden. Es ist nehmlich klar, dass bei den electrischen Fischen ausser ihren electrischen Nerven und ihrem electrischen Centralorgane auch noch andere ihnen durchaus eigenthümliche Bahnen hinzukommen müssen, nehmlich diejenigen, die ihre electrischen Centralorgane mit den übrigen Provinzen der Centralorgane, mit den Centren des Willens und der Reflexaction verbinden. Denn bei allen electrischen Fischen ist der Schlag der Organe ein willkührlicher, bei allen electrischen Fischen ist im Strychninrausche das electrische Organ reflectorisch erregbar. Diese Bahnen, auf denen reflectorische und willkührliche Erregungen den grossen Ganglienzellen der electrischen Centralorgane zugeführt werden, sind selbstverständlich dem Nervensysteme der electrischen Fische ebenso eigenthümlich wie die electrischen Centralorgane selbst.

Welches aber sind diese Bahnen? Bei Malopterurus und Gymnotus ist nichts über sie bekannt. Dagegen sind bei Torpedo mit der allergrössten Sicherheit der Kern $N$ und die von ihm ausgehende Nervenbahn $N_2$ als die Vermittler anzusehen, durch welche Reflex und Wille auf das electrische Central- organ und von dort auf das electrische Organ selbst übertragen werden. Der Beweis für diese Behauptung liegt in dem Ausschlusse aller anderen Möglich- keiten; denn so sorgfältig nunmehr auch das electrische Centralorgan von Torpedo untersucht und so genau alle seine Gränzbeziehungen zu den um- gebenden Theilen des nervösen Centralorganes festgestellt wurden, so hat sich doch ausser dem aus dem Kern $N$ ausgehenden Faserzuge $N_2$, der in die Substanz des electrischen Lappens eindringt, nirgends eine nervöse Verbindung nach- weisen lassen, der die Bedeutung einer funktionellen Continuität zugeschrieben werden könnte. Es bleibt mithin nichts anderes übrig, als die in Fig. 16 ab- gebildeten höchst eigenthümlichen Ganglienzellen des Kernes $N$ als die Ver- mittlungsorgane anzusehen, in denen die Uebertragung, sei es automatischer Willensimpulse, sei es reflectorischer Reize, auf diejenigen Fortsätze der Ganglienzellen Statt findet, welche den Kern in der Bahn des Faserzuges $N_2$ verlassen, um in den electrischen Lappen selbst einzudringen, und sich, wie oben geschildert, in seiner Substanz zu vertheilen. Gleichfalls auf dem Wege der ausschliessenden Methode muss angenommen werden, dass die in der Bahn $N_2$ verlaufenden Fasern innerhalb des lobus ganz direct mit den verästelten Fortsätzen der grossen Ganglienzellen in Verbindung treten: denn, wie oben schon betont worden ist, es sind in der Substanz des lobus ausser den grossen Ganglienkugeln kleinere Ganglienzellen überhaupt nicht vorhanden, und die von der Physiologie mit Nothwendigkeit postulirte Verbindung der grossen Ganglien- zellen mit anderen Innervationsbahnen muss daher mit Nothwendigkeit als zwischen den verästelten Fortsätzen dieser Ganglienkörper und den in der Bahn $N_2$ verlaufenden Fasern direct Statt findend gedacht werden.

Wenn so auch in dem Kern $N$ das Centrum mit Sicherheit erkannt werden konnte, welches das electrische Centralorgan mit dem übrigen nervösen Central- apparate der Torpedo in Verbindung setzt, wenn auch festgestellt werden konnte, dass diese Verbindung in der Bahn $N_2$ verläuft, so haben jedoch eine Anzahl weiterer an den Kern $N$ sich knüpfender Fragen ungelöst bleiben müssen: es ist nicht gelungen, die differenziellen Wege aufzufinden, durch welche dieser Kern mit den verschiedenen Hirnprovinzen — Grosshirn, Kleinhirn, Rücken- marck — in Continuität tritt.

Eine besondere Eigenthümlichkeit des Kernes $N$ muss jedoch noch hier erwähnt werden. Er dient offenbar nicht ganz ausschliesslich der ihm soeben zugeschriebenen Funktion, sondern übt zum Theil noch eine andere aus, die durch die Abgabe eines centrifugalen Nervenastes, der mit $N_1$ bezeichnet wurde, charakterisirt ist.

Es ist oben erwähnt worden, dass die ersten Querschnitte, die vom Rückenmarke aufsteigend durch den Kern $N$ geführt wurden, ihn in Verbindung zeigten mit einer Nervenbahn $N_1$, die sich an die Innenseite des electrischen

Nerven anlegt und mit diesem zusammen sich vom lobus entfernt. Erst die folgenden durch den Kern N geführten Querschnitte zeigen die in den lobus eindringende und senkrecht zum Verlaufe des Nervus electricus gerichtete Nervenbahn $N_2$.

Welches ist nun die physiologische Bedeutung dieser Bahn $N_1$, welche sich an den electrischen Nerven anschliesst und mit ihm zusammen das Central-organ zu verlassen scheint? Vermuthungsweise möchte diese Frage dahin zu beantworten sein, dass in ihr die motorischen Nerven für die Kiemenmuskulatur verlaufen, die nach der Entdeckung Savi's zusammen mit dem Nervus electricus aus dem Centralorgane austreten.

Ist diese Voraussetzung richtig, so dient der langgestreckte Kern N in seinem hinteren und seinem vorderen Abschnitt zwei verschiedenen Funktionen: während der vordere Theil so zu sagen das Communikationscentrum des electrischen Centralorganes bilden würde, würde der hintere Theil dazu be-stimmt sein, die motorischen Wurzeln für die Kiemenmuskulatur herzugeben. Hiermit würde im besten Einklange die Thatsache stehen, dass — vergleiche Fig. 3 — der Kern N mit seinem hinteren Ende an den Centralkanal anstösst, mithin aus der Region herauswächst, in welcher im Rückenmarke der Sitz der vorderen (motorischen) Hörner ist.

Eine ähnliche Frage wie für den Nervenstamm $N_1$ knüpft sich an die aus dem Centrum O entspringenden Faserzüge $O_1$ und $O_2$ an, die so wie $N_1$ an die Innenseite sich an die Aussenseite des Nervus electricus anschliessen und mit ihm zugleich das Centralorgan verlassen. Vielleicht sind diese Bahnen als die sensitiven Nerven der Kiemen anzusehen, die, wie man gleichfalls durch Savi weiss, mit dem electrischen Nerven zusammen verlaufen. Nach dieser Ansicht hätte man sich die Sache so vorzustellen, dass der respiratorische Theil des Vagus bereits innerhalb des Centralorganes im engsten Zusammenhange mit dem electrischen Nerven steht, an dessen Innenseite sich der motorische Theil des Vagus, aus dem hinteren Theil des Kernes N entspringend, und an dessen Aussenseite sich der sensitive Vagusabschnitt, dem Felde O entstammend, anschmiegt. Leider fehlt zur Zeit noch ein wesentliches Moment zur ent-scheidenden Lösung dieser Frage, nehmlich die Kenntniss, wie sich bei den Torpedo nahverwandten Selachiern der Ursprung der Kiemennerven verhält.

Ueber die übrigen auf den verschiedenen successiven Abbildungen des lobus wiederkehrenden anatomischen Theile kann die Unkenntniss sich kurz fassen. Der auf allen Querschnitten in wechselnder Form und Grösse wieder-kehrende querdurchschnittene Hirnstock besteht bis über die Mitte des elek-trischen Lappens hin aus querdurchschnittenen Fasern weisser Substanz, welche durch bindegewebige, blutgefässhaltige Septa in sehr zierlicher Weise in Felder getheilt wird. Im vierten Sechstel des lobus electricus beginnt in dem Hirn-stocke ein transversaler Faserzug aufzutreten, der von Querschnitt zu Quer-schnitt sich beständig stärker entwickelt und offenbar der Brückenkreuzung des Menschen entspricht.

Ueber die Bedeutung der im Bereiche des Hirnstockes befindlichen Kerne M und K wage ich nicht einmal eine Vermuthung.

Die ungefähr in der Mitte des electrischen Lappens seitwärts vom Nervus electricus auftretenden und gegen das Ende des Lappens eine so erhebliche Entwickelung erreichenden Gebilde P und S gehören, wie die makroskopische Untersuchung lehrt, dem Kleinhirne an, welches bei Torpedo als länglicher Fortsatz zu beiden Seiten des lobus ziemlich weit nach hinten hin sich erstreckt.

Ueber die Bedeutung seiner einzelnen Theile und Gewebsmassen lässt sich nichts aussagen, da hierzu die unerlässliche Vorbedingung, die Kenntniss der feineren Anatomie des Kleinhirnes bei den nicht electrischen Selachiern fehlt.

Der in der Abbildung 7 und 8 sichtbare Nervenfaserzug $S_1$ entspricht offenbar dem Processus cerebelli ad pontem.

# Erklärung der Abbildungen.

Fig. 1.  Vergr. 15. Querschnitt aus dem oberen Drittel des Rückenmarkes von Torpedo. Cc = Centralkanal. Ca vorderes, Cp hinteres Horn.

Fig. 2.  Vergr. 2. Schematische Ansicht des lobus electricus einer erwachsenen Torpedo von Oben, nachdem die den lobus von Oben und von der Seite her bedeckenden Theile der Vierhügel und des Kleinhirnes abgetragen sind; die mit Fig. 3—8 sowie mit Fig. 13, 14, 15 bezeichneten geraden Linien geben die Richtung und den Ort der durch den lobus geführten Querschnitte (Fig. 3—8) und Längsschnitte (Fig. 13—15) an.

Fig. 3.  Vergr. 15. Querschnitt des lobus, durch die Mitte des ersten Sechtels geführt. Cc = Centralkanal, N: in der Substanz der medulla oblongata gelegener Kern grauer Substanz mit grösseren Ganglienzellen.

Fig. 4.  Vergr. 15. Querschnitt des lobus durch die Mitte des zweiten Sechstels. Cc und N wie in Fig. 3. $N_1$: von dem Kern N ausgehende Nervenbahn, die sich in ihrem Verlaufe an den electrischen Nerven NE anschliesst. O: ein Feld grauer Substanz, auswärts von NE gelegen, $O_1$ davon ausgehende Nervenbahn, die sich an die Aussenseite von NE anschliesst. M: seitlich von der Raphe des Hirnstockes gelegene einzeilige Ganglienzellenreihe.

Fig. 5.  Vergr. 15. Querschnitt durch die grösste Breite des lobus nahe dem hinteren Ende des dritten Sechstels, also der Mitte des lobus. Cc, N, NE, $O_1$, O und M wie in Fig. 4. $N_2$: vom Kern N ausgehender Faserzug, der in den lobus eindringt. $O_2$ Faserzüge, die wie $O_1$ wahrscheinlich von O ausgehen. P: sichelförmiges Feld molekulärer, von Gefässen durchzogener Substanz, zur Kleinhirnformation gehörig. Q: nach auswärts von NE gelegenes Feld querdurchschnittener weisser Substanz.

Fig. 6.  Vergr. 15. Querschnitt durch die Mitte des vierten Sechstels. Cc, NE, N, $N_2$, O, P, Q wie in den vorigen Figuren. R an der Peripherie des Hirnstockes gelegene Ganglienzellengruppe. S: Kleinhirn.

Fig. 7.  Vergr. 15. Querschnitt durch das fünfte Sechstel. Cc, NE, P, R und S wie in den vorigen Figuren, $S_1$ vom Kleinhirne ausgehender Nervenfaserzug, vergleichbar dem Processus cerebelli ad pontem.

Fig. 8.  Vergr. 15. Querschnitt, nahe dem vorderen Ende des lobus geführt. Bezeichnungen wie in den vorigen Figuren.

Fig. 9.  Vergr. Hartn. VII$_2$. a—h acht verschiedene Ganglienzellen, aus Querschnitten der vorderen Hörner des Rückenmarkes von Torpedo gezeichnet.

Fig. 10.  Vergr. Hartn. VII$_2$. Aus dem Rückenmarke von Torpedo die unmittelbar an das Epithel des Centralkanales stossende Abtheilung des linken vorderen Hornes mit seinen dicht gedrängten Ganglienzellen.

Fig. 11.  Vergr. Hartn. VII$_2$. Centralkanal aus der Mitte des lobus electricus mit den ihn umgebenden Ganglienzellen.

Fig. 12.  Vergr. Hartn. VIII$_3$. Ganglienzellengruppe aus dem lobus electricus.

Fig. 13.  Vergr. 15. Längsschnitt nahe an der Peripherie des lobus electricus.

Fig. 14.  Vergr. 15. Längsschnitt durch die Mitte der einen Hälfte des lobus electricus. N: Nervenkern wie in Fig. 4 und den folgenden Figuren.

Fig. 15.  Vergr. 15. Längsschnitt des lobus nahe der Medianlinie. N wie in Fig. 14,

Fig. 16.  Vergr. Hartn. VII$_3$. a—f sechs einzelne Ganglienzellen aus einem Querschnitte des Kernes N.